千山飛渡

閑芷詩集

用寧靜灌溉一朵花：讀閑芷詩集《千山飛渡》

向陽

閑芷，本名翁繪棻，二〇〇六年取得國立台北教育大學台灣文學研究所碩士學位，她的碩論〈台灣當代女作家鄉土書寫研究〉（指導教授張春榮）以李昂、季季、凌煙、陳燁、曾心儀、蔡素芬、蕭麗紅等七位女性小說家的文本為範疇，考察她們的鄉土書寫，探討她們以女性意識表現的主題，指出台灣女作家鄉土書寫中的「鄉土」，不再是傳統男性鄉土書寫的二元對立，而是多元的呈現；「鄉土」對於女性而言，是禁錮、苦難，也可以是出走、救贖、新天地。這本論文，爬梳文本，相當仔細，論點也具有創見。

二〇〇六年八月，我到國北教大專任，但這之前兩年，就已在台文所兼任開課，知道她是在職教師，勤奮向學，對台灣文學具有研究熱誠，如此而已。多年之後，在臉書上再見到她，以及她貼的文與圖，這才知道她寫詩，喜歡攝影，並且勤寫不輟，展現了論述之外的創作才氣；然則與她的碩論研究主題鄉土書寫相異的是，她的現代詩創作表現的是古典、抒情的情調，沒有禁錮、苦難、救贖這些鄉土書寫常見的主題，而是對感情、花草、逝昔與時間的詠嘆，一如她在這本詩集中的分輯名稱「一葉相思」、「花間呢喃」、「天涯之外」、「流光絮語」所示，她以有我之境切入，她的詩作表現了她的個人心境。呢喃、絮語，無一不是她日常生活所見和感悟的自然流露。

　　她該算是詩壇新人，因為這本詩集才是她的第一本詩集，出現於二十一世紀的今天，與此際活躍於詩壇的青年詩人相較，起步已晚，作品風格也大相逕庭；她的詩作，沒有鑲嵌、諧擬、斷裂、跳躍等等後現代技巧，也不採取誇飾、眩奇、隱晦、奇詭的語法，故作驚人。她延續了上個世紀的古典抒情餘緒，運用古典語彙及其背後的文化脈絡，試圖銜接一個新的抒情敘事。在她的詩中，「月光就這麼住進心裡了／沒有太多的理由」（〈月光酒〉）、〈風輕拍荷的睡意／一朵夢便緩緩綻放〉（〈蝶之夢〉）、「一朵花開的時間／在沙漏裡／不停地流逝／忘了歲月曾經呆坐了一下午」（〈歲月之花〉）、「一次綻放／等待千年的仰望／等待風／喚醒夢裡花開」（〈花想〉）……，這樣的詩句，俯拾即是。她試圖以詩的美麗和慌亂的世界對話，試圖用寧靜的花語回應招式無數的江湖，一如這首〈拈花〉：

用寧靜灌溉一朵花
花開了，雲笑了

慈悲自掌心
最溫柔處萌芽
念念茁壯成一片森林

鐘鳴
清涼隨風
庸擾的塵埃落定
菩提

花開了，雲笑了
一朵花敲醒了寧靜

是的，這就是閑芷的詩，是一位深受古典文學滋養而又企圖跨越到現代抒情的詩人的風格。她用寧靜灌溉一朵花，默默地寫、深情地寫，不追求時髦的語法、技巧，不向流行的風、洶湧的潮低頭，她以凝定的花姿，敲響了看似過時而實則恆在的寧靜。

這應該是閑芷的起步，作為第一本詩集，也可說是一個美麗的開始。閑芷仍繼續書寫中，她會在持續的書寫和琢磨過程中，逐漸蛻變、展延、更新，塑出最合宜於她的身姿和風格，就像〈野百合〉一詩的後半段所寫：

我仰望蒼穹落腳處
在暮色之前
為你燦放
屬於海濱的素顏
而我不擅鬥豔
岩壁間
掙一片自由青空（〈野百合〉）

很高興能為閑芷的第一本詩集敲邊鼓。閑芷的詩，有空谷幽蘭的甜美，也有月下拈花的寧靜。我相信，她將來還會嘗試更多的變化，丟掉部分古典語彙的羈絆、丟掉部分抒情語法的承襲，用她自己的語言，寫她自己的書法，開創出新的抒情敘事，燦放屬於她自己的素顏，在岩壁間，掙出一片自由的青空！

目次

輯一 一葉相思

目次

輯二　花間呢喃

輯三　天涯之外

輯四　流光絮語

誰將思念藏在葉脈
夜一醒來，月光如飄逸的髮
甩出銀河般柔亮
閃啊閃

輯一

一葉相思

月光酒

月光就這麼住進心裡了
沒有太多的理由
因為想你一次
思念就愈發濃烈
釀著釀著
成了一甕芳醇的月光酒

斟一杯
半滿，另一半
等你回來與我對飲

再一杯
八分滿，剩下的
留給微顫的手
舉杯邀月對飲

空杯，斟滿
醉眼中
你揹著秋意的行囊
越過一大片大片銀閃閃
來到當年曾停佇的窗台下
與我相望，如我與今夜的月
不發一語的相望

垂釣相思

天邊
飄過兩朵思念
一朵緩緩
一朵匆匆
相遇是必然的偶然

離別早早唱起驪歌
在金急雨中
在相思木下

染成一片的金黃
如你淚光裡泛著不捨的眷戀

蝶之夢

夜才轉身
風輕拍荷的睡意
一朵夢便緩緩綻放

沿著脈絡，尋你
走過的年年歲歲悠悠
閃著銀色月光
孤燈下，茶半溫
皺縮的薄被

散發著薄荷氣息
涼了一季夏夜

戀著微香，尋你
飛過千萬朵相思濛濛
雙翅上的紋飾
是你烙上的誓言
說好愛相隨

化蝶之後
循著夢的軌跡
遇見千年之後的梁祝

凝橋

撐篙，搖過橋下
光影中的過去
與現在，劃破了你的
夢中有我的月影

逝水淡然
墩上青石留存
匆匆經過的腳步聲
等著達達馬蹄
東風吹皺

飄盪在水鄉的酒旗
醉了嗎從前

划過的雨季
一把傘是一世情濃
化不開點點滴滴
落在西湖心底
落在窗櫺斑駁的淚痕
千年前已凝視
橋彼端，撐傘相尋的苦戀

落羽，思

一陣驚鴻
掠過群鳥之姿
彈指在漣漪間消融

來去如隙中花落
回眸事事休
休提春暖鴨先知
冬寒水冷
綠波揉搓著陽光

淡描輕繪
那一季的思念

而你御風
捎來北國的消息
羽絮飄零而下
續寫心底
擱筆已久的
小
詩

風釀，竹葉青

風在耳際
撩撥著微醺的情話
漾起葡萄酒紅
如妳低首欲掩的嬌羞

竹葉吹響月夜
勾勒出清晰的輪廓
密密麻麻
將記憶纏繞成一縷
握在手心的青絲

今生，來世
憑著掌中烙痕
風中相尋
再續這杯未飲盡的酒

菩提

聽雨的梵音，敲響
一夜慈悲
明明拂了明鏡，塵埃
卻獨處虛空中
紛飛

三千意念，座前
開成一朵白蓮
蕊絲落盡，徒留
過去心

現在心
未來心
得之，不可得

一葉菩提
如拈花之姿
在風中
網住夢幻泡影

且，慢相思

我們才走過
昨日，冬陽小徑
已遁入夢的迴圈
縈繞著彼此的記憶

光影想寫下
你步履之間
飛也似的年華
潺潺地低吟著
匯聚我的顰笑憂愁

藏在海天交疊處
慢慢將明日摺成一朵微笑

誰的凝眸徘徊在窗外
是誤了花期的寒櫻
還是深秋綻放的油桐
喔，都不是
那是掌心生了根的楓紅
揮舞著陳年相思
不曾離枝

紅葉情

風來過了嗎，你問
握著雲絮的牽掛
揮就天與海與山的相會

春仍遲疑
粉彤沁著寒冽
潑灑在櫻花似水之流

昨日，紅葉浮沉
是誰捻下相思

又寫上離人漸遠的惦念
飄零東逝水一方

是誰等候回眸裡依戀
石上靜默一季
冷眼看燦爛轉淒清
隕落了星子的心

極光翦影

北極，上弦月
如妳柔情揚起的柳眉
彎彎地舀起一瓢
冷紫的情深

划不動的思念
泛起星光撲朔濛濛
一圈又一圈

之外，淡去
消逝如珠的笑語
在泡沫中對話
魚兒擺盪的蹤跡
以雪融之姿
抹去海洋蹙起的憂愁

無奈，舟小
撐不起片羽千斤重
雁捎來時露已濃
極光，翦影
少一人

彩霞戀曲

〈一〉轉身便是天涯

離別前
欲語還休的心事
如夕薄山際
滿天彩霞伸長手
想緊捉住漸暗的天光

浪潮繾綣著
未曾遠離的守候

那怕天涯遙遙
夜一沉，手心的餘溫
就燃起熊熊思念

〈二〉你點亮我的黑夜

遇見你
之前，夜深邃地
撩撥起孤單
琴弦幽幽地唱著
無人相和的歌
一首又一首

之後，風吹皺湖畔
月下莎草搖晃著
落霞來不及帶走的昏黃
粼粼地如細語
靜夜裡伴影成雙

〈三〉不是不相思

你的眉宇
鎖上霞飛的雲絮
漫漫地寫下
每一朵浪潮的思念

晚來風起
慵懶地翻著卷軸
一頁是前世緣
還有來不及乾的墨痕
徘徊在晝夜之間

缺了一角的山稜線
等你尋著記憶來圓滿

揮別，遙遠地
任疾風梳亂歸期
仍緊抓住掌心的流砂
雨般，落在心底

走過的，從前

一隻貓越過牆頭
我瞥見你
跨越銀河之瀚

往事如煙
輕輕
躡著歲月的足跡
彷若一朵曇花開謝
在最靜謐的心底

幽幽吐露
荒涼的記憶

曾經
是一條滔天洪流
滾滾了烈焰
燒不完的一場青春
在夢裡熊熊地
又再燃起

火舞

當思念開始燃燒
深夜的孤寂
眼底星光閃爍
一縷鄉愁裊裊昇騰

城市角落，瞥見
旅人的身影交疊穿梭
雨季裡漫漫，斜織成
來不及渲染的絲綢
就這麼遺落在寒窗之外

一次次奔赴的絕決
化為火舞光軌
蔓延，夜無止境

落下的不只夕陽

遠山之外，有霞，有光
有雲不肯眠
如羽般的絮語
竟疊成巍峨的峭壁

天與地，壓抑著日暮滾滾
捲成一條望穿秋波的地平線，綿延
從你腳下，匆匆。忘了
星夜寂寥忘了
花影前，蝶翩飛，蘭馨暗香盈袖

秋思

秋的顏色，才轉身
已染遍雲淡晴空
曬得欒樹心暖暖地
早早在樹梢掛上花鈴

風一來
秘密叮叮噹噹響起

這條長板凳上
悄悄滑過歲月的溫柔
耳語，還暖著心

細細碎碎
光影成了離人的心
拼湊星子缺一角的地圖
輕輕溜下凡間
織成一網子的爛漫
張羅在匆匆之間
等待著

每朵花都孕育著蝴蝶的夢
等朝陽烘暖唇間的露珠
等風拭乾肩上的隔夜雨
等你佇足，凝聽

輯二

花間呢喃

歲月之花

歲月不停狂奔
達達的蹄聲
伴著黃沙滾滾
翻騰年少的心，飛揚

那曾經稚嫩的心哪
在荒莽中吶喊過
響徹原野的一片豪情
如今成了黎明前
悠囀的鳥鳴

少了翱翔天際的壯志
靜默半生

一朵花開的時間
在沙漏裡
不停地流逝
忘了歲月曾經呆坐了一下午

荷影

還要多久
才能讀懂你低眉的心事
從最初的原點
從滄桑的碎影
還是忘了拭去的淚痕上

等待清鏡喚醒的微光
將一夜的星語
醞釀成一條悠悠長河

寫著輾轉浮世的佇足
划過悲喜憂歡的凝視

遣悲懷

為你，第九十九次
綻放抹不去的容顏

淚痕還留著
黎明前眷戀的悲懷
遣不散，揮不斷
依依如你離不開的步履
秋葉尖盤旋
最後一次別離

離別的笙歌在風中響徹
沙沙啞啞蕭蕭
粉妝凋零了素顏
枯黃了季節
而你沙塵中漫漫
揚起歸途茫茫
知否
花落不再

雪荻之歌

你自暮色歸來
飛散在風中的髮絲
譜成深秋的音符
彈跳成山澗最美的旋律

躺了一季的睡蓮
潺潺地送走
泠泠的四月天

我自山城之巔
摘下茫茫的菅芒
斜織著蒼顏遙寄的暖意
才一翻飛，這朵
思念已開滿十月的天空

紫鳶尾之戀

天上一滴淚
人間一季雨

流星忘了離別
綿延的叮嚀滑過天際
彩虹忘了
留住紫色眷戀
只一瞬
情緣殞落

此生，只停佇虹離開的水畔
此世，只等待落入眼底的
一滴相尋

曼陀羅

雨絲紛飛了眼前
旋轉的絢彩
遠地一襲粉紗
披上妳落寞的背影

傳說記錄著傳說
寫成森林裡漫天捲雲
輝映旅人的寂寞

曼陀羅幔帳
掩不住致命的戀棧
眼角垂釣著嫵媚
等待下一尾迷路的魚

野百合

你踏著煙雨來
在瑞濱崖邊守候春光
鼻梁上的稜線
曲折了石徑被鑿刻的言語

我仰望蒼穹落腳處
在暮色之前
為你燦放
屬於海濱的素顏
而我不擅鬥豔

岩壁間
掙一片自由青空

花想

何時
雲姿之影
為我披上羽絮

冬凍寒了湖水
荻花茫然了沙岸
而你的消息
成了花蕊盛開的季節

流浪的種籽
循著陽光的溫情
落在有你的城市
兀自生根

一次綻放
等待千年的仰望
等待風
喚醒夢裡花開

拈花

用寧靜灌溉一朵花
花開了，雲笑了

慈悲自掌心
最溫柔處萌芽
念念茁壯成一片森林

鐘鳴
清涼隨風

庸擾的塵埃落定
菩提

花開了，雲笑了
一朵花敲醒了寧靜

等一朵花開

昨夜花開
從你小小底心城
怒放一季燃燒的海

星空停不了的旋律
迴轉著夢想，圈圈相連
七彩自虹橋滑落
一抹憂鬱的紫
悄悄戀上人間

垂掛了串串青鈴
沉睡的前世
今生，還有誰記得
裊裊的餘韻遊走
一路匍匐蜿蜒
在耳際，在雲端
在你笑聲瀰漫的風裡

花開了
孵出了一朵夢
夢中，有你緊緊相偎

吻上一滴淚

細長的背影攀爬著寂寞
在月光下獨行

花雨紛紛
匯成涓涓清流
偶爾濺起些不經意的回首
如你孤燈下
停停走走的筆影
倒映在風動的蘭葉上
成了登高的樓階

盼望著秋意濃
盼望著桂香郁
彷彿月到了中秋
也能盼到你的歸期

才翻過七夕
下一頁的書扉
只剩一枚溫柔的淚痕
飄盪在松葉間，絲絲斜織著
未完待續的重逢
亦或是忘了結局的訣別

七夕花

鵲橋沿著尋你的相思
搭起了　重逢
在秋月沉寂的夜中央

灑了些銀箔如星
為你點亮
路上濛濛茫茫
遙遙渺渺　冷冷淒淒
披著字箋情濃取暖

字行間有墨韻
殘香瀰漫在孤燈下

燈影幻花般開謝
開了昨日情深
織進雲影寄雁傳
謝了一地
紛飛的斷錦散滿懷

此次相逢
未語淚先流
細珠迸跳成一簾
晶瑩的雨絹

以執手之諾為經
相伴一世為緯

七夕花開
朵朵燦然如新
如每一朵綻放的煙花

合歡

黃昏姍姍
遲遲勾勒起
妳心上的秋意

夜幕隨風，揚起
柔波也似的微醺醉憶
憶念成千百翩飛
飛聚在分與秒擦身的剎那

欲雪未休的蒼茫迷濛
依戀溪畔前一世
說了一半，未完
淡淡的墨漬
就這麼滲透成盈眶字句
寫就輾轉一生的輪迴

月的影子
映上妳嫣然笑靨
秋夜成了一朵盛開的合歡

我多想沿著天涯的邊緣
觸摸你半邊的輪廓
笑著，淚著，蜿蜒過
光影交錯的剎那

輯三

天涯之外

千山飛渡

用一筆刻劃青山的曾經
那是飛鳥的浪漫
積雪白了蒼顏，低首
細數眉間的殘卷
來不及展開那浩浩蕩蕩
半浮半沉的落葉滄桑

頑石翻滾了青春
終究停下，瞧瞧什麼是不變的

石上的苔早忘了青綠的溫度
暖的玫瑰陽光與記憶
還有紫羅蘭的微笑，那麼
你離開後的足印
是否可以填滿雲朵的飄忽

千鳥飛渡千山
一陣風有一座山在等待
一條荒徑有一棵樹在苦思
雨落下，落下
散了滿地的銀色碎片
細細，閃閃，亮如白晝

寄居蟹

駝著歲月
駝著曠古洪荒
用盡吶喊的聲嘶力竭
只剩下
海洋的嘆息低沉若絲
若山巔隱隱藏不住悶雷
如此沉重的輕盈

駝著愁緒
悄悄爬過靜默

留下音符似的足跡
在深夜裡與浪潮對歌

以為離開了昨日
海會帶著夢想尋找明日
以為偽裝成貝殼
就可以逃過被禁錮的災難
於是且行且緩

終究
還是要抉擇
卸下擁塞的心房
下一個溫暖

是螺旋紋路的淡然
還是被苔青染浸的愴然

昨日，已在千山之外

心底的思緒流浪到窗外
最遠最遠
那朵雲
飄泊成一生的追憶
所有錯過的昨日
匯流在彼此回眸的瞬間
雨　就這麼下
一針針織滿
曾經褪色的夢境

光影，側一頁

日光西斜
我在轉角
遇見
你不悔的執著

冽寒揮別了冬陽
依戀，細雨
自回憶之城飄落紛飛
洗盡窗櫺的滄桑

留下枝椏
無語問蒼天

交疊著
過去與現在
光影剎那
是一本翻不完的書

山無稜

霧裡，寒凜地只剩下
你似近還遠的氣息
繚繞在昨日的山一隅

與君別，千里之外
踩著楓紅隕落的小徑
最後一枚相思
紅遍十二月的半邊天
夕暮垂釣的月牙下，旋飛

那是仲夏夜的螢舞
交織著前世今生
所有錯過難聚首的情殤
擲地，成滿天星斗
繼續歪歪斜斜地
畫著沒有邊緣的山稜線

雲朵去旅行

離開山的呼喚
還有海平線在等待
落山風吹皺潮汐的平靜
等月昇，松濤靜默
而你自朝陽下緩緩走來

雲絮寫下雁南飛
潦草匆就的墨漬還未乾
字句已相隨，海那端

枝椏抖落了滿天星
一地欲語未寄的相思

致似水的年華

將回憶濃縮成一枚
淡淡的泛黃
赭紅的烙印
那些曾經笑過哭過
惹得雲朵堆滿心事
蒼白的頁扉
濃濃的墨漬
將年華寫就成一幅
匆匆的風景
隱隱的心痛

似水的　柔長涓流
細細緩緩泠泠潺潺
如影的　迷離光魅
晃晃悠悠明明滅滅

光陰啊　流轉著掌心
不曾停止的故事
終將停在最美的剎那中

雪飄在他鄉

誰的嘆息自臉龐滑落
輕盈地隱沒，無聲
夢無止盡的夜

旅人在天涯踽行
與雪花相遇
點燃梁祝化蝶的記憶
朵朵花開蝶舞

一年的風雨陰晴
筆遊走著心之獨語
春花凋零了秋月
夏荷沉睡了冬晨
他鄉飄雪夜，靜極

靜巷

走在無人小巷裡，天空
瑟瑟地飄搖著
忽左忽右的細語如絲

消失在靜巷裡的腳步聲
帶著寂寞成雙
遠離與你最近的距離
曾並肩摘了一整夜的星

旋轉半世紀
是否青春輾轉難眠
等涼了花落
落盡青燈下的祈禱
如一圈香氲
緣就此生

風疾匆匆
亂了婆娑淚眼
來不及滴下
青石坂忽地裂開
一朵靜默的蓮

風起

起風了
所以我飛向你

從容地抖落
雨雪灰濛，雙眼
交映杉高重重的心事
踩著細流緩緩
蜿蜒了相逢的路途

秋寒，聽蟬唱暖了夏季
徐徐地拂面如春風
擋住冬夜裡
沁入記憶的思念

風起，如耳邊響起
山嵐繾綣的絮語
夕陽曳著難捨依依
在落葉捲瑟中
寫下起飛的航向

寂寞流星

當夕暉渲染開寂寞
雲彩的紋理
成了靜夜的沉思
還有什麼覆蓋得了
遠山吞吐的思念

當思念浸透星空
湛藍臉龐
滑過你盈眶的驚瞥

親愛的，那不是
偶爾經過你窗口的流星
而是關於千年之前
相遇之後
涓涓蓄成的情深

往事

往事是一幅水墨
悠悠晃晃地
在案頭流浪

雲舒捲緊蹙的眉
那一彎山水
愈描愈黑
成了心底最最幽深
迴盪著石與苔的對話

風吹過明月
越過繁星的叮嚀
也吹皺漣漣的波心

迷霧

再輕的嘆息
自緊蹙的眉宇滴下
已凝成永恆
落入你深情的眼底

忘了誰吻上記憶
如你行在光影間
擁抱褪色的溫度
夢中背影如煙嵐

緲茫了一汪柔情
淺笑，漸隱又現

上高地之戀

該如何揉洗
那漾在水波底柔絲
順著淚珠滑落
一抹最淒涼的笑
化成弧形的雲
在夜裡飄忽淡逝

該怎樣熨平
川流過山谷底思念
蜿蜒著三生三世

沖不淡的烙痕
每次回眸的嘆息
白晝裡隨風

而你的眉心
鎖著千山萬水　相尋
遙遙　渺渺　迢迢
我的髮若雲絲　細說曾經
是最最迷戀的詩篇
你如此說
相遇，在最淳靜的天空之下

歲月
是停不住的流沙
才划過指尖
就竊竊私語起來

輯四

流光絮語

風說，遇見海之後

我將海風揉成細長的絲
深夜裡織成一張網
海星在網內沉思
星子們在網外窺探
樹影婆娑在明暗之間
浪濤聲穿梭在礁石的靜默中

這網子還能留住什麼呢
鹹鹹的苦澀，還有
濃濃的牽扯，還有

淡淡的月光，還有
關乎消逝前的彩色泡沫

人在不言中

擎起一片澄靜秋光
西風拂走了迷霧
葉子映著水影
蕭蕭落下地
只有無聲

只有無聲
隱隱飄上天
絮語依著光影
夕輝捎來了雁訊
掀起一幅熠熠星光

這未飲盡的夜

這夜涼得只剩
一杯星光的溫度
與微弱的燭火互相取暖

這夜長得只剩
一盞燈光的蕊心
與漫漫的遙思彼此唱和

沖淡的窗景
沖不散堆積了千年

那烙在心口的詩句篇篇
飛不去，忘不了
來不及化蝶的前世情
幽幽地閃著淚眼迷濛了今生

為你寫一首歌

青澀的字句
錯落在鄉間的渠塘上
伊啞吟哦著
不成調的小曲兒
彷彿雨滴眉間
風一來
就拂去了蒙塵的憂慮

你眉間的憂慮
恰似遠山起伏的煙嵐

才轉身
濛濛地又湧起
揮不散
偏抹上了濃稠的黛綠

湧上心頭的一池綠意
是蟬叫醒了夏季
不小心潑灑出
記憶的音符
跳著　滑著　旋轉在
筆尖遊走的軌道上

睡前，想為你寫首歌
歌裡有低頭的凝望

在水中央
倒影依稀　夢依稀
一曲青春的歌
繚繞在耳際　在溪邊

經行

我的腳步不曾停止
左腳和右腳爭論，不休

疾行時，我聽見了
心雀躍的聲音
髮絲被風吹揚的聲音
風穿越長廊的聲音
長廊迴盪著昨日今日
過去此刻的對話
那麼明日呢

關於未來的話語
我是否該在下一步就種下
右腳和左腳仍在爭辯
我的腳步已趨緩緩

獨舞

楓吻上漸涼午夜
小徑浮著暗香
襲來，熟悉的波紋
又漾開，隱隱
一圈圈　鎖上心頭

餘韻是窗外葉兒們的絮語
沙沙，窸窸
輕喃著離別如一卷長軸

長江似的滔天
悠悠的古調淒淒淺吟

月明星稀寥
孤影飄搖
獨舞，在濤聲靜默時

春之涓

春光悄悄
躍上灰濛的回憶
斑駁了滄桑
滄桑了華年

涓涓流淌過
蛻成嫩綠的靜好清幽
沿途收存自在落花
潺潺地
溜過最美的一瞬

掬一瓢春意
漾在心底
那汪清潭，映著
水波般柔情
自眼底漫延開來

卸下妝抹之後
淡淡地，朵朵思念
開始綻放
而你
自花間閒步而來

冰之火炬

我始終會融化
在你凝視的火苗裡
萬年等候，燃起

為你，自雪花的故鄉
收藏風捎來的信息
一頁秋，楓落一夜
寫滿別後颯颯心聲

是誰，又是誰
將烈焰的冰點舀起
淋上思慕的蜜糖
攪動著莫名的心酸
嚥下，伴隨一口青澀
在咽喉遊走迴繞

淚，就此潸潸
劃破寂寞
一池遺忘的溫度
溢滿漸涼的心

霧，來去

霧來
從你的眼底
留下一大片白

夜幕褪色之後
孤岩上的青苔夢著
旅人遺忘的夢

風吹不散
雲漂泊的蹤跡

只有影子
畫著山的輪廓
靜默而多情

霧去，人依稀
荻花紛飛
滿山
一半濃愁
一半輕煙

獨弦琴

掬一瓢眼底的依戀
從你追尋的步履
映上夕落　微醺

幽篁深處，昨夜
竹影貼著月光
誰彈奏了一夜
曲
曲
流
過

暮夏的向晚
落柿舍，門前
伊人無言倚舊扉
半掩，琴音稀
人難再相逢

汐之間

招潮蟹揮舞著大剪子
裁下夕暉的餘韻
一簾橙染
悄悄成了旅人肩上
溫暖的鄉愁

夢裡風遒勁
記憶被吹得只剩輪廓
殘存的月痕依稀
星光閃爍著昨夜的淚光

等你，潮退了汐來
捲走踏浪的足跡
等涼了木棧道
並肩相偎的背影
墨一般濃

茶涼了

冬雨沏了一夜的茶
蕭瑟的苦味
入喉，往事歷歷

一心二葉的鮮嫩
繾綣，霧靄來去間

鐵鑄的歲月
以青春之名沸騰著
流經山岩的清冽

敲響琥珀水鐘
氤氳，一香
滲入泛黃回憶

手把清茗一盞
邀月共影
如你相伴對飲
風還在夢裡徘徊
卻等涼了茶

一日，一年

想你的時候
呼吸是穿越時空的任意門
彷彿只要閉上眼
時間就靜得只有風聲

風裡有我們的歌
竹葉敲響記憶的小徑
月色裡的荷
孵著夏夜的夢
夢裡，我們緊緊相擁

一朵浪花彈跳的時間
追憶成時光邈邃的幽長
想你，浪濤起落
已千百次

浮雲歲月

霜寒了蒹葭的青春
泛黃歲月，隨風
流浪一季的心
躺在白雲懷裡
飄盪如水紋，散了

誰捲起深秋的依戀
卻忘了繫上初雪的蝴蝶結
一襲雪絨的長裙，月下
剪了樹影成裙襬

以花香滾邊，長巷裡
拖曳成光陰的絮語不絕

讀詩人51　PG1215

千山飛渡
──閑芷詩集

作　　者	閑　芷
責任編輯	黃姣潔
圖文排版	連婕妘
封面設計	王嵩賀

出版策劃	釀出版
製作發行	秀威資訊科技股份有限公司 114 台北市內湖區瑞光路76巷65號1樓 電話：+886-2-2796-3638　傳真：+886-2-2796-1377 服務信箱：service@showwe.com.tw http://www.showwe.com.tw
郵政劃撥	19563868　戶名：秀威資訊科技股份有限公司
展售門市	國家書店【松江門市】 104 台北市中山區松江路209號1樓 電話：+886-2-2518-0207　傳真：+886-2-2518-0778
網路訂購	秀威網路書店：http://www.bodbooks.com.tw 國家網路書店：http://www.govbooks.com.tw
法律顧問	毛國樑　律師
總 經 銷	創智文化有限公司 236 新北市土城區忠承路89號6樓 電話：+886-2-2268-3489　傳真：+886-2-2269-6560 博訊書網：http://www.booknews.com.tw

出版日期	2014年10月　BOD一版
定　　價	170元

國家圖書館出版品預行編目

千山飛渡：閑芷詩集 / 閑芷作. -- 一版. -- 臺北市：釀出版, 2014.10
面； 公分. -- (讀詩人 ; PG1215)
BOD版
ISBN 978-986-5696-41-2 (平裝)

851.486 103018418

讀者回函卡

感謝您購買本書，為提升服務品質，請填妥以下資料，將讀者回函卡直接寄回或傳真本公司，收到您的寶貴意見後，我們會收藏記錄及檢討，謝謝！

如您需要了解本公司最新出版書目、購書優惠或企劃活動，歡迎您上網查詢或下載相關資料：http:// www.showwe.com.tw

您購買的書名：________________________________

出生日期：________年________月________日

學歷：□高中(含)以下　□大專　□研究所(含)以上

職業：□製造業　□金融業　□資訊業　□軍警　□傳播業　□自由業

□服務業　□公務員　□教職　□學生　□家管　□其它____

購書地點：□網路書店　□實體書店　□書展　□郵購　□贈閱　□其他

您從何得知本書的消息？

□網路書店　□實體書店　□網路搜尋　□電子報　□書訊　□雜誌

□傳播媒體　□親友推薦　□網站推薦　□部落格　□其他________

您對本書的評價：（請填代號　1.非常滿意　2.滿意　3.尚可　4.再改進）

封面設計____　版面編排____　內容____　文／譯筆____　價格____

讀完書後您覺得：

□很有收穫　□有收穫　□收穫不多　□沒收穫

對我們的建議：________________________________

請貼
郵票

11466
台北市內湖區瑞光路 76 巷 65 號 1 樓
秀威資訊科技股份有限公司 收
BOD 數位出版事業部

（請沿線對折寄回，謝謝！）

姓　　名：________________　年齡：______　性別：□女　□男

郵遞區號：□□□□□

地　　址：________________________________

聯絡電話：(日) ______________ (夜) ______________

E-mail：________________________________